Un conte de Zemanel
illustré par Vanessa Gautier

Le petit HÉRISSON partageur

Pour Hugo.
Il a goûté, il a aimé,
il a tout goûté.
Z.

Pour Léna et Victor.
V. G.

Père Castor ▪ Flammarion
© Flammarion 2010 – Imprimé en France
ISBN : 978-2-0812-2851-1 – ISSN : 1768-2061

Tap top, tap top.
Des petits pas courts, des petits pas pressés.
Voilà hérisson qui trotte dans les sentiers.
Le nez en l'air, il cherche et fouille de tous côtés
pour trouver de quoi manger.
Soudain, juste devant lui, une pomme.
Une pomme bien ronde, bien mûre, bien grosse.
Une pomme si belle
qu'elle ouvrirait l'appétit de n'importe qui.

« Voilà de quoi me régaler ! »
se dit hérisson et…

Hop ! il pousse de ses pattes,
il pousse de son nez
la grosse pomme derrière un rocher.

C'est que les gourmands
ne manquent pas dans les bois !
Alors, pour manger tranquille,
hérisson préfère manger caché.

- Oh la belle pomme ! dit une voix.

Et papoum, papoum !
Des petits bonds tranquilles,
des petits bonds en coton.
Voilà lapin qui n'était pas loin et qui vient.

- C'est à toi ça ?
- La pomme est à moi ! répond hérisson.
- Hum ! ça donne faim.
Y aurait-il un morceau pour moi ?

Hérisson, embarrassé, réfléchit,
remue sa tête, remue son nez.

Mais sa pomme est assez grosse
pour être partagée.
- Coupons-la en deux, dit-il,
il y en aura bien assez.

Et hop !
Tous les deux poussent des pattes,
ils poussent des oreilles et du nez
la grosse pomme derrière un tronc d'arbre
pour manger cachés.

Et oui, à cause des gourmands,
vous vous rappelez ?

- Oh la belle pomme ! dit une autre voix.

Et zou et zip et zip et zou.
Des petits pas rapides,
des petits pas qui volent.
Voilà écureuil qui glisse jusqu'au sol.

- C'est à qui ça ?
- La pomme est à moi ! répond hérisson.
- Hum ! ça donne faim.
Y aurait-il un morceau pour moi ?

Hérisson, embarrassé, réfléchit,
remue sa tête, remue son nez.

Mais sa pomme est assez grosse pour être partagée.
- Coupons-la en trois, dit-il, il y en aura bien assez.

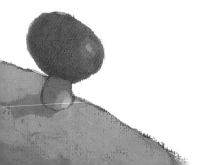

Et hop ! Tous les trois poussent des pattes,
ils poussent des oreilles, de la tête et du nez
la grosse pomme derrière un buisson
pour manger cachés.

Et oui, à cause des gourmands,
vous n'avez pas oublié ?

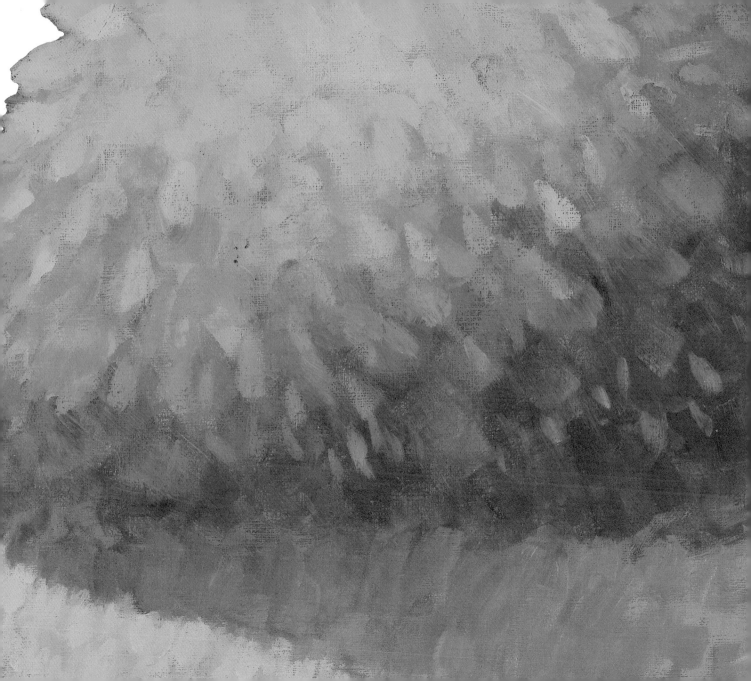

- Oh la belle pomme ! dit encore une voix.

Et tati, tati, toti, toti !
Des petits pas légers, des petits pas de brindille.
Voilà souris tout excitée qui sautille.

- C'est à qui ça ?
- La pomme est à moi ! répond hérisson.
- Hum ! ça donne faim.
Y aurait-il un morceau pour moi ?

Hérisson, embarrassé, réfléchit,
remue sa tête, remue son nez.

Mais sa pomme est assez grosse pour être partagée.
- Coupons-la en quatre, dit-il,
il y en aura bien assez.

Et hop ! Tous les quatre poussent des pattes,
ils poussent des oreilles,
de la queue, de la tête et du nez
la grosse pomme vers le milieu de la clairière
pour manger sans se cacher.

Et oui, les gourmands sont tous invités !

La pomme est coupée, partagée
puis savourée, dégustée.
Mais… un morceau de pomme, même d'une grosse pomme,
ce n'est pas comme une pomme en entier.
Les petits ventres ont encore faim.
Ils font un concert de gargouillis : pas assez mangé !

Hérisson commence à se demander
s'il n'aurait pas mieux fait de tout garder.

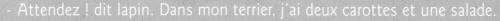

- Attendez ! dit lapin. Dans mon terrier, j'ai deux carottes et une salade.
- Moi j'ai des glands et des fruits des bois, ajoute écureuil.
- Moi j'ai du fromage et des noix, complète souris.
Allons vite les chercher !

Et hop ! Des petits pas s'en vont de tous côtés.

Hérisson attend…

Lapin, écureuil et souris reviennent vite
les bras chargés de bonnes choses à manger.

Quel repas ! Quel régal !
Hérisson ne regrette plus du tout
d'avoir partagé sa pomme.

Sans ça, pas de carottes ni de salades,
ni fromage ni noix,
ni glands ni fruits des bois.
Pas non plus d'amis pour partager tout ça.

Alors la prochaine fois
que vous trouverez une pomme
bien ronde, bien mûre, bien grosse,
vous saurez quoi faire !

Imprimé par Pollina, Luçon, France - L66822 – 12-2013 – Dépôt légal : juin 2010
Éditions Flammarion (n° L01EJDN000427.C006). 87, quai Panhard-et-Levassor, 75647 Paris Cedex 13